The Old Rat Palace

FIELD

Elderberry Lodge

Cottage

Dairy

Mill

FIELD

Laundry

Buttercup meadow

Willow bidies.

The Voles Holes

Where the wedding party ended up

THE PRIMROSE WOOD

질 바클렘(Jill Barklem)은 영국에서 태어나 세인트 마틴 미술 학교에서 일러스트레이션을 공부했다. 바클렘은 자신이 태어난 에핑 숲을 모델로 이상의 세계, 찔레꽃울타리를 만들었다. 구성하는 데 총 8년이 걸린 찔레꽃울타리 시리즈는 뛰어난 작품성으로 전 세계에서 인정받고 있다.

봄 이야기

질 바클렘 글·그림 | 이연향 옮김

1판 1쇄 펴낸 날 | 1994년 10월 1일
2판 1쇄 펴낸 날 | 2024년 7월 30일

펴낸이 | 장영재 **펴낸곳** | 마루벌 **등록** | 2004년 4월 1일(제2004-000083호)
주소 | 서울시 마포구 성미산로32길 12, 2층 (우 03983) **전화** | 02)3141-4421
팩스 | 0505-333-4428 **홈페이지** | www.marubol.co.kr

Brambly Hedge : Spring Story
Text and Illustrations Copyright ⓒ 1980 by Jill Barklem
First Published by HarperCollins Publishers Ltd., London, UK. All rights reserved
Korean Translation Copyright ⓒ 1994 by Marubol Publications
Korean edition is published by arrangement with HarperCollins Publishers through KCC.

KC인증 정보 품명 아동도서 **사용연령** 6세~초등 저학년 **제조년월일** 2024년 7월 30일 **제조국** 대한민국
연락처 02)3141-4421 서울시 마포구 성미산로32길 12, 2층 **주의사항** 종이에 베이거나 긁히지 않도록 조심
하세요. 책 모서리가 날카로우니 던지거나 떨어뜨리지 마세요.

봄 이야기

질 바클렘 글·그림 | 이연향 옮김

마루벌

화창한 봄날 아침입니다.

봄 햇살이 찔레꽃울타리 마을의 집집마다 스며들자,
나무 기둥에 난 작은 창문들이 활짝 열립니다.

모두들 일찍 일어났지만 그 중에서도 제일 먼저 일어난
들쥐는 자작나무 기둥 구멍에 사는 머위예요. 그 날은
머위의 생일이었거든요.

침대에서 뛰어내린 머위는, 엄마 아빠의 방으로 달려가
선물을 주실 때까지 쿵쿵 뛰어 댑니다.

"생일 축하한다. 우리 귀염둥이."

엄마 아빠가 졸린 목소리로 축하를 해 줍니다. 머위는
예쁜 포장지를 뜯어 방 안 가득 늘어놓으며, 신이 나서
찍찍거려요. 그 소리에 형과 누나들도 잠을 깹니다.

엄마 아빠는 돌아누워 다시 잠이 드시고요. 머위는
층계에 앉아 선물로 받은 새 피리를 불고 또 붑니다.

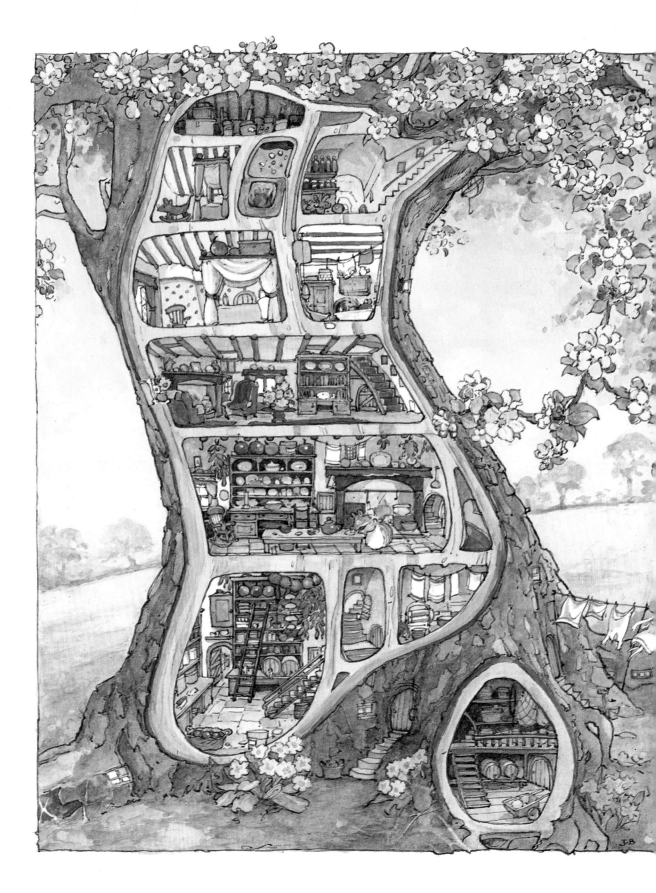

옆집 돌능금나무에는 사과 할머니와 할아버지가 사십니다.
머위의 피리 소리가 창문을 통해 이곳까지 들려옵니다.
할머니가 일어나 기지개를 켭니다. 그리고 상쾌한 공기를
들이마신 다음, 아래층 부엌으로 내려가 딱총나무 꽃잎
차를 끓이십니다.

　사과 할머니는 아주 친절하고 훌륭한 요리사랍니다.
집 안에서는 늘 빵이며 과자, 나무딸기 푸딩 들을
굽는 냄새가 풍겨 나옵니다.

　"아침 드셔야지요."
할머니가 깨우자 사과 할아버지는 하품을 하며 침대에서
나오십니다. 그리고 할머니와 같이 식탁에 앉아, 빵에
잼을 발라 먹으며 머위의 서툰 피리 소리를 듣습니다.

　"찌르레기한테 피리 부는 법을 좀 배워야겠는 걸."
　이렇게 얘기하면서 할아버지는, 수염에 묻은 빵 부스러기를
털어 내고 겉옷을 걸치십니다. 사과 할아버지는 들쥐
마을의 제일 웃어른입니다. 마을의 모든 먹잇감을 넣어
두는 저장 그루터기를 지키시지요.

저장 그루터기는 그리 멀지 않은 곳에 있습니다.
사과 할아버지가 즐겁게 풀밭을 가로질러 그루터기의
큰 문 앞에 이르렀을 때예요. 누군가 할아버지의
꼬리를 잡아당깁니다. 놀라 돌아보니 머위입니다.

"안녕하세요! 할아버지, 오늘이 제 생일이에요!"

머위가 한 손에 새 피리를 들고 찍찍댑니다.

"오, 그래? 축하한다, 애야. 같이 들어가서 저장방 정리를
좀 도와주겠니? 네게 줄 만한 게 있나 찾아보자꾸나."

그루터기 안, 가운데에는 아주 커다란 방이 있습니다.
수많은 계단과 복도가 나 있지요. 그 계단과 복도들을
따라가면 또 수십 개의 방들이 나오는데, 방들마다 들풀
열매와 꿀, 잼, 절임들로 가득 차 있답니다.

할아버지와 함께 머위는 그 방들을 모두 살펴봅니다.
일이 다 끝나자 머위는 다리가 너무 아파, 따스한 벽난로
옆에 앉아 쉽니다.

사과 할아버지가 제비꽃 사탕 단지를 내려, 종이 고깔
안에 가득 사탕을 넣어 줍니다. 그리고 머위의 손을 잡고,
어두운 복도를 지나 밖으로 나옵니다.

머위가 형을 찾으러 가자, 사과 할아버지도 서둘러
마을로 내려가 딸이 사는 떡갈나무 성으로 가십니다.

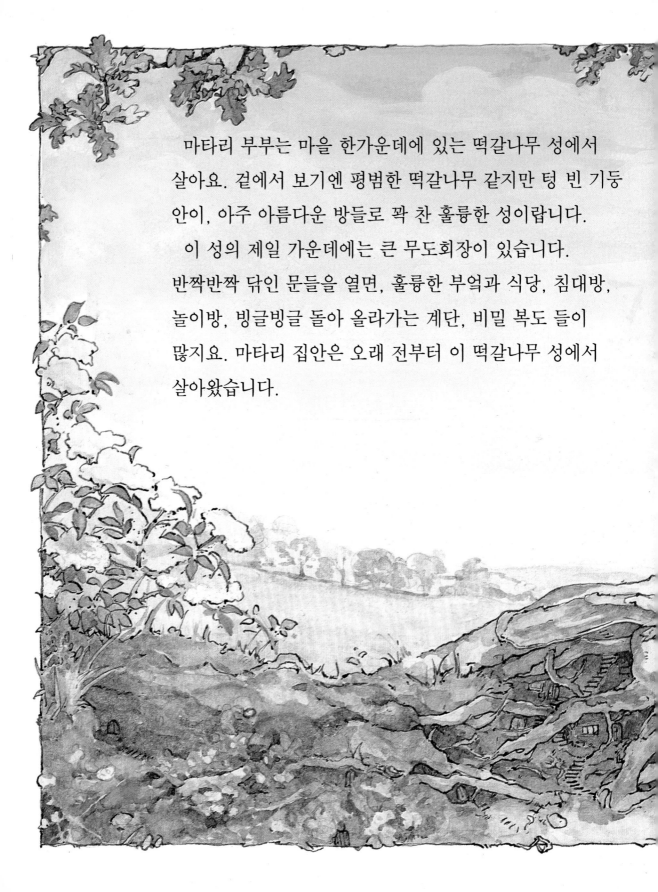

　마타리 부부는 마을 한가운데에 있는 떡갈나무 성에서
살아요. 곁에서 보기엔 평범한 떡갈나무 같지만 텅 빈 기둥
안이, 아주 아름다운 방들로 꽉 찬 훌륭한 성이랍니다.
　이 성의 제일 가운데에는 큰 무도회장이 있습니다.
반짝반짝 닦인 문들을 열면, 훌륭한 부엌과 식당, 침대방,
놀이방, 빙글빙글 돌아 올라가는 계단, 비밀 복도 들이
많지요. 마타리 집안은 오래 전부터 이 떡갈나무 성에서
살아왔습니다.

위층의 잘 꾸며진 큰방에서, 마타리 부부는 밝은 햇살에
눈을 뜹니다. 앵초 빵을 물며 부인이 기분 좋게 말합니다.
"정말 좋은 날이야!"
그 때 사과 할아버지가 부르는 소리가 납니다.
마타리 부인은 얼른 일어나 옷을 갈아입고, 아래층으로
뛰어 내려갑니다.

사과 할아버지는 떡갈나무 성 요리사인 엉거시 부인과
박하잎차를 마시고 계십니다. 마타리 부인은 할아버지의
볼에 뽀뽀를 하고 옆에 앉습니다.

"아버지! 이렇게 일찍 웬일이세요?"

"응, 머위를 방금 만났는데, 오늘이 그 애 생일이라더구나.
우리 머위 몰래 생일 소풍을 준비하는 게 어떻겠니?"

"멋진 생각이세요!"

마타리 부부는 고개를 끄덕입니다.

"그럼 전 머위 엄마와 상의해서 특별 생일 케이크를
만들게요."

엉거시 부인은 재료를 준비하러 급히 부엌으로 갑니다.

마을의 들쥐들을 모두 초대하려고 해요. 사과 할아버지는
숲 쪽의 윗마을을, 마타리는 냇가 쪽의 아랫마을을 돌면서
집집마다 알리기로 합니다.

할아버지가 제일 먼저 들른 집은 딱총나무 오두막이에요.
훌륭한 딱총나무 덤불이 까치수염 아저씨의 집이랍니다.
아저씨는 저장 그루터기의 땅 밑 저장방들을 돌보는 일을
해요. 아저씨는 이제 막 잠에서 깨어났습니다.

"소풍이라고요? 좋지요! 저는 장미꽃 술을 가져갈게요."

바지를 찾으러 방 안을 왔다 갔다 하면서 아저씨가 말을
합니다. 까치수염 아저씨는 하얗고 긴 수염에 언제나 주홍색
조끼를 입고 다녔어요. 그리고 재미있는 이야기로 다른
들쥐들을 한참씩 즐겁게 해 주곤 했지요.

"이런, 바지에 발이 달렸나, 여기까지 와 있네!"

드디어 소파 뒤에서 바지를 찾아 낸 아저씨가 소리칩니다.

　다음에 사과 할아버지가 가신 곳은 자작나무 집입니다.
머위 아빠가 문 앞에 앉아 찔레 잼을 바른 빵을 먹고 있어요.
　"이 집 막내를 위해, 마을에서 생일 소풍을 열기로 했네."
할아버지가 나지막이 속삭입니다.
　"머위에게는 아무 얘기 말고, 점심 무렵에 떡갈나무 성
　앞으로 나오도록 하게. 모두들 거기서 만나기로 했다네."
　머위 아빠는 그 말을 듣고 기뻐하며, 부인에게 얘기하러
안으로 들어갑니다. 이제 사과 할아버지는 들판 한가운데,
풀밭 덤불 밑에 사는 봄메 할아버지에게로 떠납니다.

한편 마타리는 냇가 쪽으로 내려가면서 소식을
전합니다. 그런데 그 생일 소풍 소식은 어느새, 마을에
쫙 퍼져 있었어요. 모두들 신이 나서 창가에 얼굴을
내밀고 어디로 가느냐고 먼저 묻습니다.

"나는 통조림을 좀 가져갈게요."
밝은눈 할머니가 말씀하십니다.

"우린 식탁보를 가져갈까요?"
산사나무 덩굴에 사는 옷감 짜는 가족이 말합니다.

또 치즈 버터 공장의 눈초롱은
치즈를, 방앗간의 바위솔은 빵 한
쟁반을 가져오기로 합니다.

들쥐들은 곧 저장 그루터기에 와서 토끼풀 밀가루, 꿀,
찔레 술, 양귀비 씨, 그리고 소풍에 가져가기 좋은
것들을 모두 찾아 모으기 시작합니다.
엉거시 부인은 크림을 여러 층 넣어 커다란 개암 열매
케이크를 만들고, 머위 엄마는 그 위에 장식을 합니다.
사과 할머니도 한껏 솜씨를 내어 특별 앵초 푸딩을
만드십니다.

그러나 주인공 머위는 곧 마을 소풍이 있을 거고,
말을 잘 들으면 자기도 데려가 줄 거라고만 알고
있어요. 하지만 아무리 참으려 해도 선물 받은 피리며
북, 콩알총을 가지고 얌전히 있기란 쉽지 않았지요.

가족과 함께 성에 온 머위는 좀 섭섭한 마음입니다.
오늘이 자기 생일이라는 걸 아무도 모르는 것 같거든요.
사실 머위는 생일 선물을 더 받고 싶답니다.

그렇지만 먼저 생일이라고 얘기하는 것은 예의가
아니라서 그냥 꾹 참습니다. 마타리의 신호에 따라
모두 소풍 바구니와 손수레를 끌고 길을 떠납니다.

모두들 하나씩 들고 갑니다. 머위는 아주 큰 바구니를
맡고는 너무 무거워 낑낑댑니다. 마침 사과 할아버지가
손수레를 빌려 주셔서 형, 누나들과 함께 부지런히 밀고
끌고 갑니다. 그래도 꼬마 머위는 쫓아가기가 벅찹니다.

꽤 먼 길입니다. 짐을 들고 당기고, 손수레를
밀고 끌고, 성에서 출발한 들쥐들은 옥수수 밭을
지나 냇가로 갑니다. 그러나 머위는 너무 더워
쉬고만 싶습니다.

"자, 다 왔어요!"

마침내 마타리가 외칩니다. 모두 바구니를 내려놓고,
이끼 위에 풀잎으로 짠 보자기를 펼치고 음식을 내놓아요.
그러나 머위는 너무 지쳐 뚜껑을 열지도 못하고, 애처롭게
수염을 축 늘어뜨린 채 바구니 위에 앉아 있습니다.

사과 할아버지가 감사의 기도를 올립니다.
"우리의 푸른 들판에서 얻은 이 음식을 감사히 먹읍시다."
기도가 끝나자, 사과 할머니가 머위에게 다정히 말합니다.
"칼이 네 바구니에 있는 것 같은데 좀 꺼내 주겠니?"

머위는 천천히 앉은 자리에서 내려와 바구니 끈을
풀고 뚜껑을 엽니다. 그런데 "와!" 머위는 정말
믿을 수가 없습니다.

바구니 안은 선물로 가득했고, 그 가운데에 **'축 생일'**
이라고 쓴 커다란 생일 케이크가 들어 있지 않겠어요!
"생일 축하합니다.
사랑하는 머위의 생일 축하합니다."
모두들 입을 모아 생일 축하 노래를 부릅니다.

　머위가 선물을 다 풀고 나자, 까치수염 아저씨가
말합니다.
　"자, 이제 머위의 피리 연주를 들어 볼까요?"
머위는 수줍게 일어나 새 피리로 '시계는 아침부터
똑딱똑딱'이라는 연주를 합니다. 연주가 끝나고, 엄마가
옆구리를 찌르자 공손히 인사도 합니다. 하지만 엉거시
부인 쪽은 볼 수가 없었어요. 아침에 떡갈나무 성
부엌으로 콩알총을 쏘다가 부인에게 들키고 말았거든요.

"자, 이제 차를 듭시다!"

마타리 부인의 말에 들쥐들은 모두 풀밭에 앉습니다.

그러자 머위가 케이크를 한 조각씩 돌립니다.

차를 마시고 나서 어른 들쥐들은 푸른종꽃 아래서

낮잠을 자고, 어린 들쥐들은 앵초꽃 사이에서

저물도록 숨바꼭질을 합니다.

　드디어 먼 숲 뒤로 해가 기울고, 쌀쌀한 바람이
들판 위로 불어옵니다. 집에 갈 시간이 된 것입니다.
　그 날 밤, 달님이 높이 떠올랐을 때 찔레꽃울타리
마을은 고요하고 평화로웠습니다. 들쥐들은 이제 깊은
잠에 빠져 듭니다.

THE

THE

CHESTNUT WOODS

Hawthorn Hedge

Crabapple
Cottage

T H E   F

Blackberry Pond

Brambly
Hedge

to the
Rabbit holes